ホスト万葉集

短歌研究社
講談社

ホスト万葉集　目次

はじめに——スマッパ！グループ会長・手塚マキ　4

「歌舞伎」に来た　9

初指名——1年目　19

姫と一緒に——2年目　33

俺のサンタは〈クリスマスの歌〉　51

泣かないで——3年目　55

ラーメン二郎の歌　71

二日酔いの歌　74

シーソーゲーム――5年目 79
君に逢えれば 92
サイフがない! 98
ラストソング 105
深夜急行〈詠み人知らず〉 114
だけど、I♥歌舞伎町 119
座談会「ホスト短歌の原点は、元祖チャラ男・光源氏です」 132
編者=俵万智/野口あや子/小佐野彈&手塚マキ

はじめに

僕らの仕事って何だ？

僕らの喜びって何だ？

僕らの悲しみって何だ？

ホストはフラれる仕事です。
どんな売れっ子が接客しても、初来店のお客様が再来店する確率なんて五割もない。
フラれることに鈍感になれるのだろうか？　仕事だと割り切れるのだろうか？

ここはどこだ？

夢をみる場所？　夢をみせる場所？

いや、ここにあるのは夢なんかじゃない。毎日大金が行き交うリアルだ。

否応なしに日々突き付けられる人間としての価値。

過大評価で大金を得ても、過小評価で苦渋を味わっても、ぴったりと感じることはない。

毎日歌舞伎町にいて、そんなリアルをホスト達は生きている。

そして、愛について考えている。


愛ってなんだ？

「言葉というのは、呟いて閉じ込めておけば、思い出した時に、その言葉が発せられた時の鮮度で蘇るんです」「言葉に閉じ込めておけば千年もつ」（俵万智さんの言葉より）

「今」を忘れないことがホストの仕事だと、僕は思う。

だから「今」をないがしろにせず、大事な「今」を三十一文字に閉じ込めて欲しい。

ぼんやりした夢にすがるんじゃなくて、リアルな思いを噛み締めてほしい。

＊

ホストたちと短歌をはじめたのは、二〇一八年の夏です。うちのスマッパ！グループが歌舞伎町のホスト街に出店した書店「歌舞伎町ブックセンター」で開催した歌人・小佐野彈さんの出版記念イベントで、ホストたちに即興で短歌を作らせる企画を行ったのがきっかけです。

それから毎月、歌会を続けてきました。

俵万智さんや小佐野彈さん、野口あや子さん、そして選者が来られない時には鈴掛真さんにもホストの短歌を批評・添削してもらいながら続けました。

飲み屋でのトークは短文の掛け合いで、一人がダラダラ喋ることはありません。だからホストは短い言葉に思いを込めるのが上手いんじゃないか？「ホストたるもの歌のひとつでも詠めなきゃ」なんて言って始めましたが、実際に短歌を作ってみるとやはり難しい。ホスト達を、やる気にさせて、歌会に参加させるのも大変でした。

一年半の歌会で、ホストたちが作った歌は、九百首近くになりました。

そこから、俵さん、野口さん、小佐野さんに、約三百首を、選んでいただきました。

そして、いよいよ本になるぞ、と思った矢先に、新型コロナウィルスの感染拡大で、僕らに突きつけられたのは、不要不急という現実でした。ホストにとっても、お客様にとっても、歌舞伎町という街にとっても、最大の危機です。三月下旬から続いた夜の街への外出自粛を、僕らは「自分磨きの期間だ」と考えて、自暴自棄にならないようにしました。先行きの見えない五月に、いまの一番新しい言葉を歌に残そうと考え、ウエブの会議アプリのZoomを使って、二回、歌会をやりました。

編者の皆さんもお三方とも参加してくださり、そこで集まった歌で、最終章を作りました。

拙い言葉を紡いだホスト短歌。そんな言葉たちから歌舞伎町ホストクラブの世界を覗いてみてください。

二〇二〇年六月

スマッパ！グループ会長　手塚マキ

ブックデザイン　鈴木成一デザイン室

「歌舞伎」に来た

シャンパンで被りに一言マイクもつ
今日も歌舞伎町は平和です

指名 翔太郎

歌舞伎町　夢と希望と欲望に
うずまく町、町、人、人、町、町

桜木開

眠らない街と言われる歌舞伎町　なのに寝ている　道路に人が

ゆきや

この街じゃ朝までコースが当たり前
喉は酒灼け肌は焼けない

気を付けろ身なりで人を見ていたら中身はカラッポああ歌舞伎町

携帯を毎日みてるおじさんが
ニヤニヤしててきもちわるいな

優希刃

歌舞伎町　はじめはとてもこわい街
居場所があればとてもいい街

明るい夜　人とお酒にかこまれて　喜怒哀楽が隠せなくなる

歌舞伎はね　皆違って皆いい
でもグッチばっかり何故だろう?

青山礼満

歌舞伎町歩けば思うあの一瞬　響くカラスとホストの喧嘩

ドンペリニョン最高級のシャンパーニュ
あおって失敗モエ・エ・シャンドン

ルブタンにグッチにプラダ ルイ・ヴィトン
エルメスシャネルバレンシアガ

江川冬依

赤蜻蛉迷い込んだのは某事務所　命は巡る歌舞伎町にも

かわりめの風吹きすさぶ鉄の街見た目は硬く中身は脆く

気をつけて酒と女と歌舞伎町　またなくしたのアイフォンX

太陽が沈んだ後の人の波そういう海で僕は泳ぐの

渚忍

ホストをはじめた理由
モテたいしお金もいっぱいほしいからです

どうせなら稼いでやろう大金をいっぱい稼いでランボルギーニ

斉藤工

よろしくね桃太郎だよよろしくね何も言えないそれもまたぼく

桃太郎

酒タバコ金も女も手に入る上京前の夢物語

亜樹

「スジ盛りでホストらしく」が昔なら今は隣を歩ける美男

速水和也

毎日のように怒られまくる日々いつか見てろよ先輩たちよ

ミナミから、ニシキよこはま、すすきのへ、
さあ向かおうか、歌舞伎の街へ

夕暮れと共に目覚めて家を出る
夜から始まる僕の一日

春秋

18

咲かぬなら咲かせてみせろホスト花
苦しく長い道のりだけど

天弥秋夜

初指名——1年目

ホストには似つかわしくない雰囲気で短歌を綴る男の群れよ

亜樹

華やかな夜の宮殿眩しくてどんなリアルも見えないくらい

初指名小さな一歩 それだけで嬉しく思える 内勤冥利

ケータイを開いて閉じて朝の九時
寝る間を惜しむ二十四時間営業

咲良

俺愛斗カワイイ笑顔でイチコロのその裏にある顔　酒ヤクザ

愛斗

新人を叱る先輩売れてない
人の振り見て我が振り直せ

SHUN

ネオホスでバレンシアガを好むやつ仕事できるしエロガッパだし

MUSASHI

新人で研修なしでも喋れるヤツすぐに売れるしエロガッパだし

MUSASHI

内勤でポールスミスを好むヤツ仕事できるしエロガッパだし

MUSASHI

早く呑め　手がいたいよねコールだね
楽しく呑もうマジマジ卍

桃太郎

元漁師同じ水でも水商売荒波に呑まれ深く溺れる

瑠璃

我慢して我慢に我慢に我慢してやっと卓抜け出したおしっこ

女好きあぁ女好きそれなのに男ばっかり指名をくれる

斉藤工

姫帰りシャンパングラスを片付ける
祭り終わった朝霧の感じ

天翔

＊姫＝上得意客のこと

年取って若ぃ奴らに負けねぇよ
大人の魅力で魅せてやるから

大煌

ホスト初回　携帯いじって離さない
何故ときいたら「タイプじゃないし」

蒼葉

送り指名もらって嬉しいものだけど
店を出てからＬＩＮＥ途絶える

＊送り指名＝初来店の客が帰るときに、見送り役のホストを選ぶ。

初指名もらって嬉しいものだけど
二回目以降来る気配なし

＊送り指名の客が、次に指名してくれたら、「担当」になれる。

営業は左右に揺れる綱渡り　足がすくめば渡るは難し

霖太郎

いじられキャラで売ってるヘルプでは
担当になってもこの色消せない

ムカつくよ！　初回で使う博多弁あいつモテすぎ！　禿げそうマジで

朋夜

華やかな君と聖樹に挟まれてここはまほろば泡沫の刻

瑠璃

テーブルのグラスなみなみ注がれる
飲むは地獄だ飲まぬも地獄か

亜樹

夢なのか現実なのかわからない
もてなす気持ち夢のなかでも

Nari

秋かおる夜風にふかれゲロまみれタクシーに乗れず朝日をあびる

千円を前借りにして口にするおにぎり一個の我の悔しさ

ヒナタさん天賦の才に惚れ込んであなたに一生ついて行きます

武尊

今日もまた売れない僕は酔いつぶれ
思い出すのは母の泣き顔

ホストだよ　最後の道は選んだよ
ナンバーワンかオンリーワンだ

NARUSE

反対を押しきり続けたホスト道
感謝の札束 今に待っとれ

武尊

姫と一緒に——2年目

飲みましょか
今日も今日とて飲みましょか
あなたと一緒に日が昇るまで

怜耶

姫と僕何を言っても怒られる
使ってくれて文句は言えない

蒼葉

今日行くね　初回の人からライン来て
ヘルプ付いても鳴らぬケータイ

店が好き　そう言っていた女の子
被りの卓を一生ガン見

お茶ひきの苦い記憶は残るのに
　甘い記憶は呑んで消えてる

愛寿

貴女だけ　その一言を信じてくれた貴女は何処にいるのか

達也

ホスクラの入口に立つ女の子複雑な顔なにかあったの？

ラインでは子犬みたいな君だけど　シャンパン見ると牙をむく君

休日を「私に使え」と言った姫　使った金額　うん、一万円

福島健

嫉妬深い君がイヤだと泣くからさ
抜けばいいのに今日もオナ禁

宮野真守

ケンカして君がいうのは
そうだけど
一緒にいるのがやっぱいいよね

九伶尾翔

色恋を望んでないと言ったのに
送りにしたの　ど色恋やん

流々

きれいだね　言ったその日に飲み直し
それでも次の日既読にならず

誠豪

鏡月が薄いと言われ作りなおし
結局「濃ゆい」飲めないんかい！

ユナ

一瞬の笑顔が見たくて入れちゃった。
まるで真夏の花火のように

＊入れる＝シャンパンを注文すること。

天翔

今日いるの？ 姫に出確されたからドキドキして待つ今日お茶の僕

＊お茶＝お茶を引く。姫と約束できない日

MUSASHI

敬語から始まる関係「お名前は?」
今となってはまず「ナニ入れる?」

「彼氏みたい」はしゃいだ君と笑う日々
知らなかったよ、結婚してるの

シャンコする姿がかっこいいなんていうなら
君が入ればいいじゃん

＊シャンコ＝シャンパンコール。シャンパンを注文すると、店のホスト全員が、姫のテーブルで独特のマイク・パフォーマンスでコールしてくれる。つまり、その間、店のホストを独占できる。

良い匂いどこの香水つけてるの　気づけよこれは俺のフェロモン

Ryo-Ma

無理するな明日《あす》の仕事も会計も心配だけどやっぱ無理して

朋夜

酔った君面倒臭くて嫌いでも会うと口から出る「可愛いね」
お願いね！　煙草の火を消しふと思う
どうして隣にいるのだろうか

斗護

ねえ姫はいくつくれるの？　紅い愛
早くちょうだい泡の宝庫を

速水和也

あの頃は届かなかった夢のハナシ
今はもうここにある俺のカタチ

風早涼太

君はいう「シャンパン入れたい。掛けにする」
君のいうこと信じてみよう

＊掛け＝ツケ払い。回収できないと、担当ホストが代わりに払う。

蒼葉

こころから会いたい会いたい捜してたやっと見つけた売掛はらえ

さやかなる月の光を半分こハチミツかけて君と僕とで

霖太郎

源氏名で呼ばれることに慣れた頃　少しだけ知る夜の泳ぎ方

栗原類

気をつけな　早口言葉じゃないけれど隣の客はよく書き込む客だ

栗原類

終電をわざと逃したシンデレラ　カボチャの馬車は好みじゃないわ

栗原類

沈黙が時計の針を鈍くする　コースター濡らすグラスの涙

栗原類

色恋を仕掛けた俺がいるけれど
貴女はいつも俺を転がす

YOU

ドンペリを姫から頂きうなぎご飯
売り掛け飛ばれふりかけご飯

福島健

フィーリング話ができる人呼んで　だけど指名はただのイケメン

藍之助

酉の市水商売の集会所　さあ！お時間だ狩りに行こうぜ

天翔

また来るね送り一言初回姫　業後にライン出たよブロック

指名　翔太郎

美人だしお金も使うし気も利くし家に行ったらはい美人局《つつもたせ》

年明けに今年もよろしくお願いと言ったそばから既読もつかず
アフターで食事に行っただけなのにいつになってもああ帰れない
色濃くて女にモテて友達に
本名呼ばれむしろピンチに

亜樹

面接で酒が強いと言ってしまい手放せなくなるしじみのサプリ

乱雑に並んだ靴と消し忘れの
明かりに一つため息をつく

斗護

俺のサンタは〈クリスマスの歌〉

欲しいのはクリスマスよりナンバーワン
プレゼントよりシャンパンタワー

寒い夜声をかけられ気分良し
しかし立ちんぼ今日クリスマス

七咲葵

クリスマスひとりぼっちのお姫様お金で買える彼氏とケーキ

宮野真守

クリスマスサンタに会いたきゃウチに来い
お前のために時間とっとく

クリスマス二日酔いだがまだ飲むか
サンタがいれたシャンパンだから

斉藤工

つかれたよエイサーエイサーつかれたよ
エイサーエイサー元気みなぎる

七咲葵

クリスマス寂しくないぞばかやろう素敵な姫とお酒があるから

YUTA

シャンパンの泡で歌舞伎に雪が降る
シャンパンタワーはクリスマスツリー

縁

ジングルベル鳴り響く街上《うわ》の空
あなたと聞きたいシャンパンコール

泣かないで——3年目

あの人はそんなんじゃない
と言う君も言われるアイツも素敵なんだね

自分でもわからないから困るんだ
そんなに俺を問い詰めないで

MUSASHI

手塚マキ

酔っぱらい出てくる自分の性欲より今はあなたの声が聞きたい

宮野真守

彼氏って恋人って付き合うって信じるわけない何を言っても

手塚マキ

あの人はいまどこでどう暮らしてる？ ＳＮＳで探す自分がキモい

MUSASHI

新入りの初シャンパンを祝うたび思い出すのは君が入れた日

気まぐれでぶっきらぼうな俺やけど貴方のことは好きでありたい

君のため服買い痩せてメイクしてすでに心は売り切れ寸前

朋夜

引きよせて抱きしめキスして見つめ合う視線の先の君は誰なの？

霖太郎

手首見て横縞の線に目を逸らす
消えない跡に寒気を感じる

最終日　届くかどうか姫の念
高らかに鳴る開栓の音

速水和也

本心を隠して笑う僕の顔
　貴方の笑顔が疑わしくなる

朋夜

内勤のなにが一番大変か酔ったホストの吐くゲロと愚痴

朋夜

かっこいい！　可愛い！
　言われるあのホスト見えないない言えないない汚い姿

朋夜

ねぇねぇいつまで待たすの俺のこと
もう来なくていいよ
わかるね？　本当の意味

速水和也

これからも醒める事ない姫の夢
頼むこのまま永眠してくれ

大悟

誕生日　嬉しいことも悲しみも
やってくるのがバースデー月

BaRoN

酉の市　掛け飛び客とはちあわせ
見てないフリしてさあ、楽しもう

ゆきや

「お茶引けない（>_>;）
お前だけしかいないいんだ!!」
……三人来店。さぁどうするオレ

宮野真守

奇遇だね！　その映画、オレも観たかった！
……今日もよろしく、
フレディー・マーキュリー

宮野真守

ナンバーワン担えど
敵はまだ多い俺の夏はこれから来るんだ

愛斗

久しぶり元気にしてる？　ＳＮＳの
そんな言葉で元気になったよ

武尊

午前二時区役所通りでタクシー待ち笑顔の姫も泣いてる姫も

MUSASHI

友人がウチのホストにハマってる大金つかうと少し複雑

MUSASHI

売れるには顔よりもなお気持ちだね
死ぬ気でやっても死んだりしない

霖太郎

まだ平気視界ぼんやりぐーるぐる飛んでる意識
ドンペリヘネシー

青山礼満

シャンパンの開栓の音いただいて掛けの心配どこか遠くへ

蒼葉

何してる?今どこいる?鳴る電話感じる殺意歌舞伎町かくれんぼ

最終日LINE開いて文字打てず
知りすぎた君にもう頼めない

NARUSE

「嫁さんになれよ」だなんて
ディボンカバー一本で言ってしまっていいの

＊選者・俵万智氏の有名歌『「嫁さんになれよ」だなんてカンチューハイ二本で言ってしまっていいの」（歌集『サラダ記念日』収録）の本歌取り。

こんな風に接することができたなら
もっとナンバー上がるんだろうな

宮野真守

君の来ない夜にトイレで聞いている
あいつの席のシャンパンコール

手塚マキ

約束をしたから買ったバスソルト何気ない君の小さなおねだり

江川冬依

行けたら行くねそんなこと別に聞いてない
今日会いに来てくれる君が好き

風早涼太

後輩とキャバをふと見て帰路に着く
売れたらいつか連れて行くから

武尊

テーブルに呼んでくれてた先輩が
今は俺より俺の席居る

武尊

七夕に会いに行くね。と姫が言う年イチじゃなくて毎日来いや

宮野真守

待ち合わせいつになっても来ないな
来るわけなかった約束明日だ

伊織

ラーメン二郎の歌

後輩とご飯を食べに行きましょか気づけばいつもラーメン二郎

怜耶

はらへった今日はらあめん食べようか塩にしようかやっぱり二郎

酒飲んで気付けばホテルさようならお腹が空いたやっぱり二郎

純一

はらへった　今からなにを食べようか
コンビニ行ってごはん見てくる

幸村隼斗

はらへった今日も二郎で飯くおうにんにく油野菜ましまし

営業後何食べようか迷いつつ最終的にラーメン二郎

九伶尾翔

二日酔いの歌

ワインとは上物選ぶ事よりも
君とのむのがマリアージュだよ

鳳堂義人

一気飲み飲むも飲まれて飲みきれずそっと傾け流す口の端《は》

霖太郎

満たされたグラス片手で飲み干せば綺麗な泡と共に消えゆく

斗護

アルコール昔ほどには飲めないな
そこは気合でカバーするけど

大煌

お店ではハッピー野郎を演じてもお家に帰るとネガティブ野郎

ミナト

スーパーの野菜の値段ケチるけど飲んでる酒は定価十倍

藍之助

呑みすぎて起きると目の前真っ暗で記憶辿って更にブルーに

我ながら全くもって手に余る
私の中の酒乱のワタシ

達也

シャンパンの色が変われば値が変わる
白よりもロゼ　ロゼよりも黒

霖太郎

二日酔い口に広がる酒の味吐き出す吐瀉物吐けない想い

立花秋乃

楽しいな　パリピピリピリ　ピッピリピ
昨日の記憶一切ねぇわ

令和

キッチンでグラスひたすら洗いつつ
余ったシャンパン片手に晩酌

芝

シーソーゲーム――5年目

エレチューで誤魔化してきた関係性
出口見えない色恋営業

死んでやる　客に言われて優しくし
五分経ったらシャンパン入る

手塚マキ

おめでとう 君に贈るよプレゼント
待ってるからねお返しシャンパン

三継大貴

ありがとねー手を振る姫に応える僕振り向く回数もう9回目

MUSASHI

やわらかなミモザの花の香りより君の笑顔さそれでよかった

霖太郎

ホストが言う「客を育てる」という言葉
育ててもらうのは　自分の方だよ

MUSASHI

俺キングクラブで出会った君はエース
今日もジャックして俺だけのクイーン

宮野真守

男性客アフター、カラオケ、マイクにぎり、
エロとエロとのシーソーゲーム

宮野真守

「今日どうしたい？」「任せるよ」

あやふやな駆け引き飛び交う十一時半

朋夜

威張るなよホストが凄い訳じゃない
死ぬ気で稼ぐ女が凄い

青山礼満

かけしばりしばられてるの僕の方ある意味これは一人ＳＭ

令和

札束が入りきらないＡＴＭ
退職金も入らぬホスト

佑哉

鳴かぬならそういう種類のホトトギス
他に鳥などいくらでもいる

この仕事重要なのは試合より休憩時間のファインプレーだ

霖太郎

思い出のそば屋は今は案内所そばを諦め風俗店へ

斉藤工

後輩に飲みに飲まされ宴して　消えた給料袋と記憶

龍咲豪

昼過ぎに起きて気づいた同伴の予定ある子の不在着信

亜樹

お！　おはよう数字抜かれた後輩に度肝を抜かれ
お、おざまっす

武尊

言いたいなら好きなだけ言えば？
俺は知らない売れてるのは後輩の俺

速水和也

婚活かそれより先に終活か　歌舞伎にいると先が見えない

桜井真琴

飛んでいくやっと入った後輩も
熱く語るもまた飛んでいく

三継大貴

飛んでったあの大好きな先輩と
すれ違うのがここ歌舞伎町

三継大貴

＊「飛ぶ」＝突然、出勤せず、連絡が取れなくなること

連休中お休みちょっとはあるでしょうお昼じゃなくて
夜空いてる日！

武尊

気をつけてこの人誰でも好きと言うテンプレ返すお前だけだよ

武尊

ぎんぎらでぎらぎらぎんのアルマンド　だけどダメだよ？　無銭飲食

かっこいいみんな大好き凰華麗
見た目100点　中身も100点

＊凰華麗＝グループ店〝APiTS《アピッツ》〟代表

夜乃空

いくらやる　あといくらやったら勝ち越せる？
収束間際の迫り来る戦慄

＊収束間際＝締め日が近いということ

速水和也

カッコいい！　客から言われる褒め言葉
もっとひねれよ言われ飽きたから

速水和也

色めいた綺麗な言葉聞く度に　揺さぶられてく財布が緩む

酔わないとシャンパン入れないお姫さま
徐々に濃くするジャスミン茶割り

宮野真守

バースデーいつもはしないイチャイチャを
察してください何故するのかを

武尊

二年前売掛飛ばれて給料マイナスクロムハーツ売りました

菅田賢斗

会いたいよもう一度だけ忘れたの?
二人の時間売掛百万

大崎愛海

君　に　逢　え　れ　ば

変化球ぼくの気持ちはストレート
サイン見逃すぼくが悪いの

佑哉

愛してる口先だけで言われたと分かっていても魔法の言葉

佑哉

賑やかな仕事の中でのメッセージ気付かぬフリして声が聞きたい

佑哉

ほろ酔いで家帰りつつラインする次逢うときの想いつのらせ

瑠璃

でかい夢小さな声で語ったね今ならできる君と僕とで

渚忍

愛してるその一言をきくだけで
僕の視界がカラフルになる

達也

かわいいなー場内しろよと心が叫ぶ
テンション上がる発情期かよ

咲良

＊場内＝指名を決める前に、店内で気に入ったホストを選ぶこと。最初の仮指名。

いつもよりイケメンだねと言うけれどそれはあなたに会えるからだよ

潰れない今日一日が終わるまで君との記憶を飛ばしたくない

夜も更けてお酒も進んで氷も溶けて君の心も溶かしてみたい

蒼葉

いつもなら分かっているよと言えたのになぜだか今日は言えずにいるの
こんな日に外に出るのは憂鬱で君と鉄くず崩れてほしい

ブライアン

あいしてるキミだけに言うトクベツなことばを
　キミはおぼえてますか?

イロ恋と言われた時に
悲しさが溢れ出すのはお金のチカラ?

佑哉

本当に出逢えてよかったそんなありきたりな言葉で終わらせないで　RiV

気づいたら風に吹かれて歌舞伎町電車で聞いていたボブ・ディラン　青山礼満

信じたい貴方の言葉いつまでも
くらい小部屋で見つめる花火

サ　イ　フ　が　な　い　！

王子様普段は普通のおとこのこ
みんなとしたい下ネタトーク

鬼がでたー　浴びるわ飲むわ飲まされるわ
焦点も合わず本日お開き！

伊織

お茶をひく肩身のせまい新人は指名欲しさに初回バリアン

＊バリアン＝歌舞伎町にあるホテルの略称

青伝票二人を結ぶ赤い糸金の切れ目が縁の切れ目か

達也

月変り憂鬱な夜ゼロになる全ての数字またいちからだ

恋☆蓮

早起きし連絡するのは夢のためゆめの続きってなんだったけな
天翔

アフターのバーで飲み過ぎつぎの日に
サイフがないし記憶がないし
ゆきや

コールするシャンパンあけるてだすけをするがわじゃなく
されるがわになりたい

たかられるこいつといったらたかられるだから言うのさ「今日は予定が」

一青颯

アフターで後輩引き連れご飯屋さんちょっと食べたらもう帰りたい

青山礼満

五匹いる猫のためにとホスト賞取ってみたけど賞金少ない

YUZU

既読無視君を思って泣く夜は他店で豪遊シャンパン卸す

希美

すれちがい傷ついたくだらない過去なんか　夜のどこかに捨てればいいさ

いいないいいな一千万円売りたいな　お尻を出した子一等賞

人柄と情報勝負のこの世界話題と言い張りソシャゲ入れてる

桜井真琴

秋になり色んなものが赤くなる食も景色も乙女心も

うなぎはね　今が旬だね　おいしいね　けどホストはねいつも旬だよ

わからない　女心のマチュピチュに迷い込んだのかもしれません

生きるとは素晴らしいぞと誰かが言う
けっきょくみんな同じなのにね

ラストソング

＊ラストソング＝その日の売り上げナンバーワンのホストが、閉店前の最後にステージで歌うことになっている。ホストにとって晴れ舞台。

姫からの死角を探し姫を呼び
口を拭って姫から姫へ

手塚マキ

五年前ならねって五年前も言ってたな
断る理由建前作り

手塚マキ

もう嫌い担当なんてもう嫌いわかっているが心は戻る

咲月煌夜

お前だけ　言ってくれたねその言葉
信じていても被りがさらす

咲月煌夜

＊被り＝同じ日に被って来てしまう、二人目の姫。

「テンションが上がらないから今日休む」そんなお前が売れることない
江川冬依

ナンバーワンとったらわかるそのつらさ売れないバカよりメンタルしんどい
江川冬依

遅刻とか当欠とかのだらしなさ　直さないと売れることない
江川冬依

沢山の来店いつもありがとう　みんなのおかげで店が繁盛
江川冬依

呑みたいな　今日もたくさん　呑みたいな気分がいいから　今日はシャンパン
江川冬依

おわったな　休日だらだらなにもせず明日も仕事　また1週間
江川冬依

あと十万届かなかったナンバーワン
全然減らないオーパスワン

手塚マキ

チラチラと客の目線は入口に
被りがこないかチェックしている

MUSASHI

光合成欠く不夜城に降りそそぐ
シャンパンコールという名の日差し

宮野真守

おめでとうシャンパンタワーまぶしいね
いつまでわたしがんばるの?ねぇ

手塚マキ

夜の街学歴不問期待して　もがいて摑むラストソングを

龍咲豪

キンプリをあなたに歌うと決めたから
お願いラスソン取らせてお願い！

朋夜

今月は七度目ラスソン同じ曲
ジリジリ燃えて減るセブンスターよ

斗護

久々に代表らしいとこ見せる
今日はラスソン背中で見せる

凰華麗

曖昧な
「イエス」でラスソンラブソング
消えぬ残像姫の横顔

武尊

嘘の夢嘘の関係嘘の酒こんな源氏名サヨナライツカ

手塚マキ

「ごめんね」と泣かせて俺は何様だ
誰の一位に俺はなるんだ

手塚マキ

深夜急行〈詠み人知らず。店内の投げ歌箱より〉

パっとみて目があうたびに目をそらす
まちどおしいな君との時間

人を剝き殻を探して閉じこもる
そういう街なの孵化などしない

貴方ならどう答えるのこの痛み何も言わずに解決してよ

この街に希望があるとするならばそれはきっと貴方の事ね

それでいいの傷さえも愛おしいのと言っていた
貴方はすでに傷そのものだ

改札を出て白い息赤い頬心もいっそ重ね着したい

針なんて飲ませないから守ってよあの日の指切り交差点前

こんな日を聖夜だなんて思わない当たり前に変えてあげたい

リツイートされてた貴方のその笑顔
直接君から知りたかったな

ハリボテのあなたの笑顔裏側に助けてなんて書いちゃダメだよ

夜行バス窓を見つめて文字を書く誰かに伝わるそんな気がして

追いついて追い抜かれての繰り返し恋なんてもうそれでいいのに

おめでとうこの一言に詰まってた
ありがとうやごめんなさいが

よく見ると良いことだってあるんだよ
深夜急行千歳船橋

だけど、I♥歌舞伎町

Zoom歌会（二〇二〇年五月一五、二二日）より

「コロナだし」行かない理由を探してた
嘘でもなくて本当でもない

霖太郎

この時期に大丈夫だよと会いにくる
酒が好きなの　俺が好きなの

夜乃空

ドア開けて喜んでるのは会えたからではなくナンバー落ちない安心

夜乃空

眠らない街といわれたネオン街
たまにはゆっくりおやすみなさい

愛乃シゲル

華やかに輝く君の看板も今は寂しく誰を見ている

愛乃シゲル

歌舞伎人街のネオンとリンクする　灯りが消えれば心も消えてく

MUSASHI

夜が更けて意外と広いゴジラ前　静けさ光る靖国通り

TAKA

歌舞伎町　東洋一の繁華街　不要不急に殺される街

江川冬依

今だけは売上指名何もかも
自分責めずにコロナが悪い

愛乃シゲル

「伝えたい 会えない日々が続くから」
振込先の口座番号

宮野真守

いつもより連絡を取る自粛期間
効かない言い訳「いま仕事中」

宮野真守

会えない日々　いつかまた会う日を望み
84円に気持ちを乗せる

宮野真守

凍りつく玄関開けたらお客様　戸惑いながらもただいまと

龍咲豪

除菌する手にアルコールモミモミ消毒　歌舞伎民はゴクゴク消毒

MUSASHI

アマビエのコロナ関連ニュース見てふとお寿司屋で頼む甘エビ

宮野真守

自粛期間日が暮れてくると思いだす　あ、もうそろそろ店開く頃か

朋夜

自粛する寮生みんなで飯を食うすき焼きつつきつつ飲むコロナ

朋夜

引きこもり食っちゃ寝、ゲームゴロンゴロン
これで褒められる合法ニート

宮野真守

家はどこ？ 料理はするの？ 洗濯は？
私じゃないね あなたの隣

手塚マキ

店休み？どこで会えるの？
濃厚な接触してよ　客じゃないなら

手塚マキ

また使う魔法の言葉大丈夫お互いにもう知っているのに

手塚マキ

会えなくて気持ちも冷めて顔忘れあなたと俺も終息向かう

MUSASHI

君からの返信ないが既読付く俺に連絡今自粛かな

愛乃シゲル

自粛中ライトも消えた看板の君の笑顔がなんか寂しい

愛乃シゲル

自粛中Zoom使うも今スッピン　顔出しNG　Zoom意味無し

愛乃シゲル

錆びてなお耐えて耐えて耐え抜いて磨き続ける　輝く日まで

斗護

歩きやすい　どこを歩いても歩きやすい
来月の今頃も歩きやすい？

伊織

見つめ合い　あ、これダメだね　照れ笑い
カラダは離すもココロは密で

MUSASHI

以上、二九五首。二〇一八年七月二九日〜二〇二〇年五月二二日までに、イベント・歌会で作られた歌・約九〇〇首から、俵万智・野口あや子・小佐野彈の各氏が選歌し、構成しました。歌の末尾は作者名です。無記名の歌は、グループ各店に設置された通称「投げ歌箱」に入れられた作者不明（詠み人知らず）の作品か、すでに退店したホストの作品です。

座談会

「ホスト短歌の原点は、元祖チャラ男・光源氏です」

編者＝俵万智／野口あや子／小佐野彈
＆スマッパ！グループ会長・手塚マキ

編集部　『ホスト万葉集』選者のみなさんにうかがいます。選者となるにあたり、どのようなことを思って選考にのぞみましたか？

俵万智　わたしは単純に読者として「あっ、読んでみたい」という思いがありました。ホストの方たちが短歌を作ったらどんな歌が出てくるんだろう、と。もともと短歌と恋愛はすごく相性がいいんです。日本では、千年以上前から、歌で愛を表現しあっていて、短歌には、「相聞《そうもん》」という、「愛の歌」のジャンルが、ど真ん中にあるんです。『万葉集』や勅《ちょく》撰集《せんしゅう》がその代表です。ホストという愛のプロのような方たちが歌を紡いでくれたら、「短歌も喜ぶんじゃないか」って、そんな気持ちがしました。

編集部　男性が女性に対して愛を歌う、というところが面白いということですか？　たとえばホステスさんが作るよりもホストが作るほうが面白いとか？

俵　たしかに、ホステスさんの歌があっても面白いかもしれません。ただ、わたしは、野口あや子さんが、『源氏物語』の光源氏のことを「元祖チャラ男」だとおっしゃっていたのがすごく面白かった。光源氏は女性を口説くために短歌を使っています。わたしも『源氏物語』がすごく好きなんですけど、本当に短歌が愛の実用品として機能しているんですよね。

光源氏は、いろんなタイプの女性を口説いてるんだけれども、一人ひとりを口説いているときはものすごく真剣で、心底、その人のことが好きだということが伝わってきます。ホストの方たちも、いろいろな女性との関わりを持たれているとは思うんですけれども、たぶん一人ひとりと向き合うときは光源氏のように真剣なんじゃないかな。だからそういう現代版・光源氏の歌が読めたらいいなと思いました。

編集部　野口あや子さんが、選者三人が揃ったホスト歌会でのあいさつで、「光源氏は元祖チャラ男だ。ホストは光源氏に通じる」と言ったんでしたね。

野口あや子　「ホスト万葉集」のきっかけは、小佐野彈さんの第一歌集『メタリック』の販売促進イベント（二〇一八年七月二九日）です。スマッパ！さんが経営している「歌舞伎町ブックセンター」という、ホスト街のど真ん中の書店で、ホストの方に即興で短歌を詠《よ》んでいただいて、その場でアドバイスして歌を仕上げる、という企画をやりました。それを機に「ホスト百人一首」を作ろうという話になったんです。

今の短歌って、机の上で一人で完結するものになりつつあると思うんです。だから、コミュニケーションの中で短歌が生まれたら楽しいだろうなと思いました。それがすごくおもしろかったので、また次もやろう、その次もやろうと、続いていきました。

編集部　開店前のホストクラブや事務所で、毎月のように歌会をやった時期もありましたね。お客さんも入れないで、ホストと選者だけで歌を出し合って評価して。最初は「ホスト百人一首」というタイトルで、短歌が百首できたら本にしようなんて言ってたら、八百以上、歌ができて。令和になったし、これは『ホスト万葉集』だろうと盛り上がりました。小佐野さんは、どうしてホストのみんなと歌を作ろうと思ったんですか。

小佐野彈　ぼくは、客としてたまにホストクラブへ行くんです。ホストの子たちとLINEのやりとりしたり、彼らは割と身近な存在なんです。自分の中で迷いがあったり、落ち込んだときなんか、ただ誰かと話しがしたくなる、そんな時の話し相手のようなものです。

その一方で歌人として、自分自身が今グラついているなと思うとき、『新古今集』や『万葉集』を読むんです。

その両方を知っていて思ったことは、先ほど俵さんが言ったことに通じるんだけど、短歌というか昔の和歌の「相聞」って、ホストの世界にすごく共通しているところがあるんですよ。

和歌の「相聞」は贈る側も、受けて返す側も、五七五七七というルールにのっとって愛のやり取りをする。ホストって忙しいから、お客さんとのやりとりは、もっぱらＬＩＮＥですが、その短い文章の中にパワーワードがガッと詰まってて、すごいうまい。だから彼らが歌を詠めないはずがないって思いました。

俵　そうそう、素養がありそうですよね。ホストって、見目麗しいというだけじゃなくて、会話や言葉の力で人との関係を築いているんだなと思う。その人たちがどんな言葉を使うのか。歌を詠めないはずがないというのはすごく腑に落ちる表現ですね。

小佐野　ホストは、現代において最も短歌を実用できる立場なんじゃないかなって思います。野口さんが言っていた光源氏が「元祖チャラ男」というのだって、歴史上架空の人物だけど、史上最もチャラい男が言葉、歌を実用的に使って女を口説くってね、ホストと共通している部分があると思いますよ。

野口　チャラい人がキラキラした言葉を女性に使うのは、けっこう原始時代から人間がどれだけ進化しても変わらない、普遍的な感じがします（笑）。

編集部　ある意味、短歌の原点のところと近いところにいるのがホストたちではないでしょうか。さて、今回、ホストの世界への「案内役」を引き受けてくださいました手塚マキ会長にお話をうかがいます。手塚会長は、歌舞伎町にホストクラブを六軒経営しているほか、ホストが書店員となっている「歌舞伎町ブックセンター」（現在はビル改装で休店）を作って、「ホストと文学」という視点でイベントを行ったりしています。

今回なぜ、ホストに短歌を作らせたいと思われたのか、この企画の趣旨をおうかがいしたいと思います。

手塚マキ　ぼくは皆さんと違って短歌のことは詳しくないし、高い志を持って短歌を作る、歌を詠むというのとはちょっと違うんです。自分たちの社会とか、自分たちホストに対する気持ちを歌に乗せさせてもらった……という軽い感じで（笑）。

話は長くなってしまうんですが、ぼくはもともとホストをやっていて、自分でもホストクラブを経営するようになってからは特に、若いホストたちへの教育を考えていました。

何を教育するのかというと、「知識」より「教養」という言葉のほうが近いかな。お客様が嬉しいとき、悲しいとき、その気持ちをちゃんと酌んであげることができる人間になってほしい。感性の幅を広げるような教育をしたいと思っていました。

スタッフたちは、自分より十も年下の子たちなので、彼らに分かりやすく、本を読もう、映画を観ようとずっと言ってきて、「歌舞伎町ブックセンター」をオープンしました。でも若い子たちに本を読めって言ってもなかなか読まないんですよ（笑）。一時期、本を買って読んで、その感想をブログに書いたら会社が買い取ってあげる、というようなことをやったりしました。「歌舞伎町ブックセンター」を始めたのも、本屋をやればスタッフたちも本を読むかなって思った。でも漢字が読めないヤツがいたり、長い文章を読めないヤツがいたり。

そういう子たちでも、短い詩集や短歌なら読むんじゃないかと思ったのが始まりです。その流れで出版イベントを開催することになり、野口あや子さん、小佐野彈さんのお二人を紹介していただき、うちの本屋に短歌集や詩集を置いてみようということになりました。そこから、自分たちでも作ってみよう、読んでみようという流れになったんです。彼らに短歌で自分たちの気持ちを素直に書かせたかったんです。

ホストの仕事って、先ほど小佐野さんがおっしゃっていた通りなんですが、伝える側でもあるし、聞く側でもあるんです。お客様のちょっとした一言や、さり気ない一言、LINEの短い文章の裏側にある背景やお客様の気持ちを読み取ることがホストの仕事だと思っています。一流のホストは、その能力が著しく高いんです。短い言葉の中に、どれだけの気持ちが込められているかを読み取ることができる彼らなら、短歌を作ったり読んだりすることを楽しむんじゃないか、向いてるんじゃないかと思いました。だから今回の企画をいただいたとき、ホストにはうって付けだと思ったんです。

編集部　野口さん、小佐野さんとの出会いがきっかけではなく、先に手塚さん自身に、その思いがあったわけですね。

手塚　お二人から「ホスト百人一首」を作ろうって言われて、お二人が誘って俵万智さんも最初の頃から参加してくださることになって、ぼくら「よっしゃ、やりましょう」って大喜びだったんです。お遊び半分、チャラい企画で「ホスト百人一首」をやるんじゃなくて、本職の歌人の方々に参加してもらえるなんて、われわれからすればラッキーというか、してやったり！　ぐらいの気持ちになりました。

小佐野　そこは、ぼくたち歌人サイドにとっても大歓迎だと思ったんです。短歌だって俵さんの『サラダ記念日』（河出書房新社）で日本の短歌人口が爆発的に増えたわけだし、今回の『ホスト万葉集』をきっかけに短歌の読者が増えたら、短歌にとってすごくいいことだと自負しています。

俵　タイトルが既に秀逸というか（笑）。言葉って、言葉そのものを発明することはできないけれど、組み合わせはいくらでも発明できるんですよね。それぞれ遠くにある言葉と言葉がくっついたときの衝撃というか……。たとえばわたしの歌集のタイトルにある「サラダ」も「記念日」も、もともとある言葉です。それをくっつけるとわくわくする言葉になる。だから「ホスト」と「万葉集」って一番遠そうで、一緒にはできそうにないものをくっつけた時点で、すごいわくわく感のある組み合わせの言葉が生まれたと思いました。

手塚　ラッキーですね。

野口　「ホスト百人一首」は、小佐野さんのイベントの前々日に友人と二人で飲んでいて、そのときに「じゃあ次にイベントをやるなら『ホスト百人一首』！」とぽろっと言ったのがはじまりです。百人一首って歌人のキャラクターがつぶし合わずにそれぞれの魅力を出してるじゃないですか。それってけっこうホストクラブに近いと思って。控え目な人もいれば、オラオラな人もいる。刹那的な人も、のんびりした人も、みんなそれぞれ魅力が出せるという意味で、百人一首や万葉集に近いんじゃないかと。

手塚　まさにそのとおりだと思います。たとえばお客様が五人いらっしゃったとしたら、五人にまったく同じ営業をするホストなんかいなくて、一人ひとりとの関係性がそれぞれバラバラなんです。オラオラ営業だとか何とか営業とかって言ってるのって本当、二流のホストの話で、その人との関係性を重視して、そのお客様一人に向けたサービスを徹底するというのがプロだと思うんです。

おだやかな時間を過ごしたいお客様もいれば、朝までカラオケで大はしゃぎするお客様もいる。自分は朝までタイプが得意なら、そういうお客様が増えてしまうのは仕方ないかもしれませんが、早い時間にゆっくりお食事を一緒に楽しみたいお客様がいて、そういう方と文化や教養について語り合うことができたら、それはそれで素晴らしいと思うんです。

大人のお客様とは早い時間にじっくりと、若いお客様とは朝までコースでガッツリと、なんて両タイプのお客様の相手をするなんて、ホストでも若いうちでなきゃできることじゃありません。でも、若いうちだからこそ、何でも吸収できるんですよね。それはすごく意味があることだと思います。ぼく自身、そうやって偏らずにいろいろな人と関わってきたことが、今の自分の素養になっているんです。

俵　いいですね。人の何倍も人生を生きているようで。

手塚　だからこそ一人ひとり丁寧にちゃんとサービスを提供することが大事ですよね。ホストとお客様という立場だから、その瞬間、自分が本当にその人のことを好きなのか、嫌いなのかというと、やはりホストとお客様という関係性ははっきりしていて、それ以上でもそれ以下でもないんです。

でもホストもお客様だと割り切ってるつもりが割り切れなくなったり、お客様もホストだからと割り切ってるつもりで割り切れなくなったり……それはどっちもなんですよね。確かに経済のルールに則っての関係性だけれど、これだけお金使ってくれているんだから、ぼくのことを本当に好きなんじゃないか、ってわからなくなっちゃうんですよ。

俵　なるほど。

手塚　普通の恋愛と違ってホストは、お客様一人ひとりとの関係を重視しているけれど、何人も同時進行なんです。そういう意味で、ホストは人一倍、経験値が高いかもしれませんね。

編集部　そういう経験、割り切れないプラスアルファの何かが、人間性に深みを増していくんじゃないでしょうか。それを自分のものにできたらビジネスでも成功できるんだと思うんです。

手塚　そうですね、ビジネスにつながる部分はありますけど、しょせんぼくたちは一つのことをなし得る仕事ではないので。

たとえば一流の歌を書くような人間になるとか、一流の料理を作る人間になるのではなくて、人生の添え物として、ホストという職業があるんだと思います。だから、いろいろな意味で、どれだけ人の気持ちを分かりつつ、サポートすることができるか。それを極めることがぼくたちの生きる道なのかなと思います。それが、三十代、四十代になったとき、何かしら生かせる道があるかもしれない。

小佐野　ホストって意外と体育会系ですよね。普通、女性のお客さんはお客様専用のトイレに行くじゃないですか。でも店によってはぼくとかゲイのお客さんは従業員用のトイレを使うこともあるんです。そこにはいろいろな紙が貼られてて、読むと面白いんですよ。たとえば「来週野球大会あります」とか「＊＊さんとの野球大会は絶対参加してください！今回は負けられません！」みたいなことが書かれてて。まるで男子校というか、青春というか、体育会系のノリというか（笑）。

俵　部活みたいな。

小佐野　そうそう。「ホスト万葉集」には、普段お客さんとして見ているホストとは違う一面というか、格好つけてない部分が見えてくるんです。彼らが作った歌を通じて、もっとホストクラブが楽しめるようになるんじゃないかな。

それから、さっき手塚さんが言ってたけど、やはりホストって夢と現実の境が微妙というか、恋愛と営業との境というか。現実としての経済ルールがある一方で、恋愛を楽しむ一面もある。夢と現実が混在している感じが、歌に合ってると思うんです。
俵　そういうのを歌にしてほしい！　部活みたいな一面もいいけど（笑）。
手塚　水商売をやっている男の子も女の子も、水商売を引退することを「上がる」と言うんです。今いるところが「下」で、水商売をやめることを「上がる」と。それだけ結婚に対する憧れが異常に昔かたぎなんですよ。だから、普通の人よりも水商売の人のほうが、愛の経験値というか、好き嫌いを含め愛ってなんだろう……ってことを日々すごく考えていると思います。とはいえ、ホストだからといって全員が愛のプロフェッショナルというわけじゃないので、こじらせちゃう子も多いんですよ。すごい売れっ子のキャバ嬢がダメ男とくっついちゃったり、売れっ子のホストがダメな女の子にハマってそのまま引退しちゃったり……。愛の経験値が高いからって、理想的な愛の生活を営めるとは限らないんです。むしろそうじゃない人の方が多いくらい。不思議ですけどね。
編集部　常々疑問に思っていたんですけど、クラブのホステスさんやキャバクラのキャバ嬢は男性のお客さんから口説かれるわけですよね。ホストは、女性のお客さんから口説かれるんでしょうかね？　どこかの時点で逆転して、ホストが女性のお客さんを口説くんですかね？　口説くというのは、男性が女性を口説くものだなんていう、古い男女のパターンに当てはまらない気がしませんか。
手塚　そうですね。これはジェンダーギャップの話につながっちゃうかもしれないですけど、ホストクラブとは、もともとは女性がかっこいい男の子から、もてはやされるために主体的に来る場所なんですよ。でも入口はやっぱりキャバクラやクラブに行くのと同じように女性が男性を口説くところから始まります。そこに馴れ親しんでいくと、結局、世の中の、今おっしゃったように、また主対象になって男性（ホスト）が女性（お客様）を口説くというふうにひっくり返るんですよ。女性が主体的に来るはずの場所なのに、お客様が来たら一斉に男の子たちが口説くんです。女性の方から「わたし、あの人がいい」って口説くことのほうがまだ少ないですね。ホストだったら口説くのが礼儀、電話番号を聞くのが礼儀、みたいになっています。

小佐野　ホストクラブの「永久指名制」というもの自体がすごく面白いですよね。つまりその店で一人のホストを指名したら、その人が、辞めたり飛んだり（ホストとお客の連絡がつかなくなる）しない限りは永遠に担当は変わらないわけだから。

俵　途中で担当を変えたらだめなの？

小佐野　そういうことをすると、「オレの客だ！」ってホスト同士の争いになっちゃうじゃないですか。そういうホストクラブにおけるNG行為を「爆弾」って言うんですよ。

手塚　しょせん猿山なんですよ（笑）。

俵　えっ!?　なになに？　専門用語がいっぱい！　初心者だからわからない（笑）。

小佐野　たとえば俵さんの担当が、ナンバー1のマキさんだとします、そこにナンバー2

ホストの國兼（注＝担当編集者）がやって来て、マキさんに内緒でこっそり俵さんと連絡先を交換したり、一緒にアフターしたり、こういう行為を「爆弾」と言ってホストクラブで一番やってはいけない行為なんです。

手塚　やったらクビです。

編集部　そうなんですか。えー、ほんとに？

俵　「この人のほうが興味あるから、じゃあ次からこの人」というわけにはいかない？

手塚　いかないんです。

俵　どの段階で誰って決めるの？

小佐野　どの店も初回はだいたい安いんです。せいぜい三〇〇〇円とか五〇〇〇円とか、中にはゼロ円なんてところもあるし。基本、初回で行ったら「送り指名」といって、いわゆる仮指名をするんです。遊び終わったあと、店の外までお見送りしてくれるホストとそこで初めて連絡先を交換するんです。で、二回目はその人を本指名する、というルールになってます。

俵　たった一回で決めなきゃいけないの？

手塚　そうです。

小佐野　だけど店によります。ぶっちゃけ、悩んでる振りをすれば二回目も初回扱いで行けたりするし。ちょっと違うんだよなと思っていたら店に電話して、「すごく悩んでるんで、もう一回初回で通してくれないかな」みたいなことをお願いする。
俵 いろいろな人としゃべって、見た目が好みとか、しゃべった感じで、あ、このお店での自分の担当はこの人がいいな、というふうに一回か二回で決めるのね。
小佐野 そうです。
俵 それでもう永久？
手塚 基本的にそうです。そうやって俵さんがぼくのことを指名してくれたとなったらぼくはみんなに「この人から指名もらったので」と宣言する。それを踏まえた上でみんながサービスします。とはいえ、他のホストともSNSとかで繋がっちゃったりするじゃないですか。そこで悪いことしたらクビになっちゃいます。
俵 一度クビになったら他の店ではもう雇ってもらえない？
手塚 ほかの店に移ることはできますよ。でも、そいつが何をしてクビになったか情報はすぐ伝わります。「あいつは爆弾してクビになった奴」として扱われるんです。
小佐野 以前、爆弾してボコボコにされたホストがぼくのところに来て「新宿警察に被害届を出したい」って言ったんですよ。顔はすごくいいんだけど、頭が悪い子だったな（苦笑）。ぼくは「爆弾してルール破ったんだから仕方ない」って言ったんですけど、どうしても被害届を出すの一点張りで。
ぼくは「警察に行っても受理してもらえないよ」と言いましたが、その子は「弾ちゃんと一緒だったら相手してもらえそうじゃん」みたいなことを……。結局、無理くり新宿警察に付き合わされて刑事課の人に「こいつ、爆弾してボコボコにされたんですけど、被害届出したいとか寝ぼけたこと言ってるので、ちょっと叱ってあげてください」って頼んだことがあります（笑）。

警察の人もちゃんと分かってるんですよね。たとえば四谷警察の人は二丁目文化を分かっているように、新宿警察は歌舞伎町のことを分かってる。

俵　詳しいんだねえ。すごい、すごい（笑）。

手塚　ホストクラブは、女性が好きな男性（ホスト）を選んでいいという建前なんですけど、それよりも守らなければいけないのが男の秩序なんです。

編集部　でも、その日たまたま休みの人もいるだろうし、新人なんかも入ってきたりするじゃないですか。

手塚　しょうがないんです。だめなんです。

編集部　そうなると「お客様は神様です」じゃないね（笑）。このお話はめちゃくちゃ面白いんですけれど、話の主体が短歌じゃなくて……

野口　ホストクラブ入門になってますね（笑）。

小佐野　先ほど手塚さんがホストクラブのことを「猿山」って言ってましたが、悪い意味じゃなくて永久指名制は本当に面白いと思います。このシステムだからこそ、ドラマが生まれるんですよ。『ホスト万葉集』も歌を読んでいると、お客さんへの一途さが伝わってきます。よくも悪くも、ある意味「オレのもんだ！」っていう感じがある。

俵　読者側もホストクラブの基本を理解することは必要ですね。

手塚　猿山だからこそ、ホストは男に好かれなきゃいけないんです。男の支持抜きに一番（ナンバー1）にはなれないんです。いくら女性（お客様）にモテても、仲間たちが評価する男じゃなきゃ一番にはなれない。それは、一人で全部のお客様を相手にすることができないから。ぼくがいない間には、誰かが助けてくれる、間を繋いでくれる。そういう仲間がいるからこそ、成り立つんです。

編集部　あ、そうか。ヘルプしてくれるホストがいて、はじめて一番になれる。

野口　この『ホスト万葉集』の歌にあって女子として面白かったのは、男子の微妙なヒエラルキーの歌ですね。先輩と後輩の男同士の関係とか、売れてる年下と、売れてない年上、そういう微妙なところとか、偉い同性をそれ以外の同性はどう見ているのかとか。同性同士の微妙な距離感とかを読めるのがうれしいです。

俵　さっき手塚さんがおっしゃった「ちょっとした言葉から気持ちを読めなきゃいけない」というのは、短歌も同じです。短歌を上達させようと思ったら、歌の深い意味を読めないとだめなんです。人の歌を読んで、鑑賞できる力をつけることが、歌を作る力を付けることになります。

手塚　それが文化になっていくとすごく嬉しいです。ホストたちが人の歌も読むし、自分でも歌を詠む……となっていくといいですけどね。

俵　女性のお客さんが、ホストから短歌をもらったらちゃんと返歌ができるようになりたい、なんて思ってくれたらすてきですよね。「ぼくの歌を君にあげる。君から歌が返ってきたらもっと嬉しいよ」なんて言われたら、女の子は一生懸命歌作っちゃいますよ。基本、短歌の相聞というのは往って返ってでワンセットなので。

『源氏物語』でも、たとえばストレートに口説くんじゃなくて、季節の歌に託して思いを伝える。で、受けた側は実はノーなんだけどそのままノーと言うと角が立つからまた季節の歌で返す。客観的に見るとただの季節の挨拶がやりとりされただけなんだけど、水面下では口説いていて、ごめんなさいをしているみたいなことがけっこうあるんですね。

傷つけ合わずにお互い、スマートにやりとりするという。だから言葉のやりとりとして、短歌とホストって共通するところがあるんじゃないかなと思います。

手塚　おっしゃるとおりです。たとえば好きか嫌いかということに対して論じ合うんです。「好きなの？」と聞かれたら「好きって何？」と聞き返したり、「つき合うって何？」とか、「彼氏って何？」とか。君の好きとぼくの好きは違うよね、なんて言うこともあります。

俵　そういう納得のさせ方をしてもらえたことで満足を得るということはありますよね。

手塚　でも結局は「あなたが特別なんだ」という話になるんです。ほかの誰かと比べて相対的にどうこうではないし、君の友だちのAちゃんとB君がつき合ってるのと、ぼくらの関係性っていうのは違うんだよと、否定しながらも、われわれは唯一無二の特別な関係だということをアピールするんです。

俵　なるほどねえ。

手塚　そこにどんな言葉が介しているのかは、それぞれだと思うんですけど、単純に「好きだよ」「ありがとう」「つき合って」「いいよ」ということではないんです。それが分かってないホストって、すぐにひっくり返されるんですよ。「好きだって言ったじゃない！わたしたちは付き合ってるんだから！」みたいになっちゃう。

俵　「君が一番って言ったじゃん」みたいな。

手塚　でも、そういうことを言わずに、ぼくたちは特別な関係なんだってことを、相手に理解してもらう。

俵　ほーお、高度だなあ。

編集部　しかもそれ、かっこいいというだけじゃだめですね。

小佐野　やっぱりそれはお客さん側もどこかで分かってるんだろうな。ぼくの場合は同性だから、ホストクラブに行っても行き着くところは友だち営業なんです。ホストの人からは「弾さんとはやっぱり分かり合えるよね」とか。

俵　経験値が違います（笑）。

小佐野　ぼくが得た結論は、小佐野彈に対しては、最終的にみんな友だち営業になる。

野口　友だち営業というのはどういうものですか？

小佐野　なんとなくその……一緒に飲みに行ったりとか。「おれたちって本当、分かり合って気が合うよね」みたいな感じで、うまいこと友だちにもっていくみたいな感じです。

俵　で、またお店に来てってこと？

小佐野　太い客じゃないけれど、細客でけっこう客数稼げる客に育てていくという。気軽に「ちょっと来てよ！（ボトル）一本でいいからさ」みたいな感じ。で、こっちも「いいよ」って。

手塚　本当は一人ひとりの関係性は違うんですけれども、お客様側とすると、もちろんホストもそうですけど、なんとなくジャンル分けみたいなのをしちゃうんですよ。この人は友だち営業、この人は恋人営業みたいな。

さらに恋人営業の中でも、本カノ営業と、色カノ営業みたいな感じでジャンル分けしてる。お客様側も「私は何？」というのを確認している。さっきも言いましたが、一流のホストになればなるほど、その線引きをうまくやるんですよ。

小佐野　ホストとお客さんのやりとりの、心の機微が、短歌に通じるんじゃないかな。だからある意味では、お客さんは進んで騙されるという言い方はおかしいけれど、どこかで自分から引っかかりに行くわけだし、そういう危険なものを求めに行く。

手塚　心の細かいところまで見ていくと、好きか嫌いか、自分でわからないところがあると思うんですよ。そこが面白いところなんですけど。そこを、何か言葉に換えられたらいいなと思います。

俵　お客さんとして女性を見てるのか、本当に好きな人として見てるのかというその境目が曖昧だからこそできるお仕事でもあるわけですよね。

手塚　たとえば「しょせん僕たちは客とホストだから」と割り切ったことをお客様に言ってるホストが、実はやさしいやつだったりするし、「君が好きなんだ」と言いながら全然雑なやつだっているし。どこの日常の社会でもあると思うんですよ。その白黒に分かれないグラデーションの部分、自分の経験したシチュエーションとかを、ホストが言葉で表現することができると、ちょっと心の整理になるのかなと思うし、僕も見てみたい部分でもあります。僕らの特殊な生活の中でも特殊な心の機微の場所だと思う。さっきも言ったとおり、僕は、彼らが教養を身につけて大人になっていってもらいたいという思いがあるので、三十一文字の短歌が自分の気持ちを吐露できる場所になるような文化が根づくと嬉しいです。毎月一回、何日は必ず歌会を開いて、そこでこうだと言い合うのをやっていく文化になっていくといいなと思いますけどね。生活記録運動じゃないですけど。

小佐野　手塚さんは、最初の打ち合わせのときから、「ホストが歌の一首や二首詠めなくてどうするんだ」という文化にしたいと言ってましたからね。

手塚　うちに新人が入ってきたら「え？　みんな短歌……歌うんですか」みたいなね。

編集部　ゆくゆくは短歌を一つのたしなみとして。

手塚　たしなみ、いいですよね。ホストたるもの、短歌つくるのはたしなみだろうって(笑)。「え？　短歌？　常識だろ。おまえホストのくせに短歌も作れないの？」となったら、おもしろい世の中じゃないですか。うちのグループが歌舞伎町のごみ拾いというのをやってるんですけどね。十年間やってますけど、月に一回ごみ拾いなんてもう当たり前になってるんですよ。歌会も当たり前にすることは、そんな難しくないと思うんですよね。

野口　この『ホスト万葉集』は、ホストクラブに行ったことのない、ホストクラブという世界に初めて触れる層に読んでもらいたいですね。子育てしてるお母さんとかも、ホストクラブ行かないけど、覗いてみたいという人は多いでしょうし。自分のこと、どう口説いてくれるのかなとか、知りたい。

小佐野　口説かれたい、みんな、どこかで。日常ではないところで口説かれたいんだよね、やっぱ。

編集部　ホストの世界と短歌の世界、意外な共通点があることがわかりました。今日は貴重なお話をたくさんうかがうことができました。ありがとうございます。

（スマッパ！グループのホストクラブ『ＡＷＡＫＥ』にて）

編者プロフィール

俵 万智（たわら・まち）

１９６２年大阪生まれ。２８０万部という現代短歌では最大のベストセラーとなった歌集『サラダ記念日』の著者。同歌集で現代歌人協会賞を受賞。日常で使われる「口語」を用いて、短歌という詩型の幅を大きく広げた。ほかの歌集に『かぜのてのひら』、『チョコレート革命』、『プーさんの鼻』（若山牧水賞受賞）、『オレがマリオ』などがある。近著『牧水の恋』で宮日出版大賞特別賞受賞。読売歌壇選者も務める。

野口あや子（のぐち・あやこ）

１９８７年岐阜県生まれ。短歌新人の登竜門「短歌研究新人賞」を、寺山修司以来の十代で受賞。２０１０年に第一歌集『くびすじの欠片』で現代歌人協会賞を受賞し、最年少記録を作った。ほかの歌集に『夏にふれる』、『かなしき玩具譚』、『眠れる海』がある。人工知能歌人（ＡＩ歌人）への短歌アドバイザーなど活動の幅を広げ、２０１９年、短編小説「ジュリアナ様」が「小説新潮」に掲載され、小説家デビュー。

小佐野 彈（おさの・だん）

１９８３年東京生まれ。国際興業グループ創業者の小佐野賢治は大伯父。１９９０年、慶應義塾幼稚舎に入学し博士課程に至るまで慶應義塾に学ぶ。台湾に在住し抹茶カフェチェーンを経営。同性愛者であることを公表している。２０１７年短歌研究新人賞を受賞。２０１９年に第一歌集『メタリック』で現代歌人協会賞を受賞。２０１９年、新たな表現者を顕彰する「（池田晶子記念）わたくし、つまりNobody賞」受賞。また、２０１９年、中篇小説『車軸』で小説家デビュー。

作者紹介

手塚マキとホストfrom Smappa! Group

手塚マキ
（てづか・まき）

1977年、埼玉県生まれ。97年から歌舞伎町で働き始め、ナンバーワンホストを経て、26歳で起業。現在は歌舞伎町でホストクラブ、BAR、飲食店、美容室など十数軒を構える「Smappa! Group」会長。歌舞伎町商店街振興組合常任理事。NPO法人グリーンバード理事。JSA認定ソムリエ。ホストのボランティア団体「夜鳥の界」を仲間と立ち上げ、深夜の街頭清掃活動をおこなう。17年歌舞伎町初の書店「歌舞伎町ブックセンター」をオープンし、話題に。18年には接客業で培ったおもてなし精神を軸に介護事業もスタート。近著に、『裏・読書』がある。

手塚氏とともに、今回短歌を作ったのは、Smappa! Groupの在籍ホスト75人。18年夏、小佐野彈氏の短歌集『メタリック』発売記念イベントで短歌を作ったのを発端に、月に一回のペースで短歌を作って評価し合う「ホスト歌会」を行う。選者・指導に、俵氏・野口氏・小佐野氏が加わり、作歌の技術は向上し続けている。NHKBS番組「平成万葉集」でも紹介された。出版準備を進めるなか、新型コロナウィルス感染拡大という歌舞伎町最大の危機に。営業できない期間を「自分磨きの期間」として、Zoomを使って歌会や勉強会を続けた。

（公式サイト https://www.smappa.net）

青山礼満

優希刃

渚忍

江川冬依

SHUN

速水和也

朋夜

MUSASHI

NARUSE

武尊

宮野真守

達也

佑哉

風早涼太

凰華麗

一青颯

Ri∀

Nari

BaRoN

ミナト

YUTA

YOU

亜樹

ユナ

ゆきや

伊織

愛斗

愛寿

九怜尾翔

希美

縁

桜井真琴

咲良

幸村隼斗

指名翔太郎

三継大貴

桜木開

菅田賢斗

純一

七咲葵

蒼葉

斉藤工

誠豪

大煌

大崎愛海

大悟

斗護

天翔

天弥秋夜

福島健

愛乃シゲル

桃太郎

瑠璃

夜乃空

鳳堂義人

怜耶

令和

流々

TAKA

恋☆蓮

咲月煌夜

霖太郎

ホスト万葉集《まんようしゅう》

第一刷　二〇二〇年　七　月　六　日
第三刷　二〇二〇年　九　月　一〇日

作　手塚《てづか》マキと歌舞伎町《かぶきちょう》ホスト75人《にん》
編　俵万智《たわらまち》・野口《のぐち》あや子《こ》・小佐野彈《おさのだん》

発行者　國兼秀二

発行　株式会社　短歌研究社
東京都文京区音羽一–一七–一四　音羽ＹＫビル
郵便番号　一一二–八六五二
電話（編集部）〇三–三九四四–四八二二

発売　株式会社　講談社
東京都文京区音羽二–一二–二一
郵便番号　一一二–八〇〇一
電話（販売部）〇三–五三九五–五八一七

印刷・製本　大日本印刷株式会社

定価はカバーに表示してあります。
落丁本、乱丁本、内容に関するお問い合わせは発行元の短歌研究社までお願いします。

ISBN978-4-06-520144-2 C0092